# La Caille aux Girolles

La Caille aux Girolles

Anne-Marie Goern

© 2023 Anne-Marie Goern
Édition : BoD - Books on Demand, info@bod.fr
Impression : BoD - Books on Demand, In de Tarpen 42, Norderstedt (Allemagne)
Impression à la demande

ISBN : 978-2-3221-4053-4

Dépôt légal : Mars 2023

Uli....

Lorsque nous mettons des mots sur les maux, les dits maux deviennent des mots dits et cessent d'être maudits

Guy Corneau

Maria Weber vérifia le programme de la soirée à thème une dernière fois avant de l'imprimer :

Vendredi 25 octobre 1997

L'AUTOMNE EN FETE

avec

ses champignons emblématiques

Présenté par Monsieur Hubert Rogereau

Mycologue

Au menu

Cocktail au champagne

*

Terrine de lièvre aux noisettes

et trompettes de la mort

*

La caille rôtie aux girolles

avec son escalope de Foie-Gras

sur galette de pomme de terre

*

Fine tarte feuilletée aux figues fraîches, Glace à la vanille

Les soirées à thème que Maria Weber organisait dans son hôtel-restaurant une fois tous les trimestres jouissaient d'une belle notoriété. Pour cela, elle ne négligeait aucun détail et faisait appel aux meilleurs spécialistes.

Son mari, Herman Weber, n'oeuvrait pas en cuisine bien qu'il aidât sans qu'il ne se fasse prier car il aimait cuisiner. Il était même très doué pour cela. En réalité, il était en charge de l'intendance, de l'entretien des extérieurs, et s'avérait être le soutien indéfectible de son épouse.

En cuisine, régnait Guillaume Perret, un chef hors pair qui avait postulé sur les recommandations d'Astrid, la sœur de Maria Weber, après que celui-ci ait dû mettre la clé sous la porte de son propre restaurant. Maria Weber lui offrit un salaire honorable, une certaine liberté de création et accéda à sa demande : choisir lui-même ses produits frais sur le marché.

Maria éprouvait la satisfaction du travail bien fait. Elle pouvait se targuer d'avoir réussi à sublimer cette belle demeure de fin XVIIe siècle en la transformant en un temple de la gastronomie et du raffinement.

J -8

Une semaine avant la soirée à thème, sa sœur Astrid arriva sans prévenir après une violente dispute avec son mari. Elle était en instance de divorce **et avait quitté le domicile conjugal.** Elle traversait une période sombre. Maria eut pitié d'elle en dépit du peu d'affection que sa sœur lui avait toujours témoignée, sans parler des incessantes critiques dont elle l'accablait.

Le soir de son arrivée, Maria Weber décida de passer outre ces **querelles de chapelle** et accepta la proposition du chef de fêter l'arrivée de sa sœur en testant la nouvelle recette de la caille aux girolles. Le chef se surpassa, ce fut absolument divin !

Dès le lendemain de son arrivée, Astrid interpella sa sœur.

— Tu sais, Maria, je ne veux pas rester ici à rien faire. Au contraire, si je pouvais peut-être apporter ma contribution ?..

Maria, surprise, mit quelques secondes à réaliser que sa sœur venait de lui proposer son aide.

— J'ai effectivement accumulé du retard lui répondit-elle,

notamment dans la tenue de mes comptes.

Astrid leva immédiatement son index en signe d'accord.

— Je m'en doutais, la comptabilité, ça me va très bien, c'est parfait pour moi.

Maria alla chercher une pile de documents qui débordait de tous côtés. Elle posa tout en en vrac sur le bureau de la réception où Astrid venait de s'installer. Astrid était comptable de métier et elle connaissait fort bien le milieu de la restauration ; son mari était à la tête d'une franchise de restauration rapide. Maria n'avait même pas besoin de lui expliquer la marche à suivre.

Elle prit conscience du fait que sa sœur venait de lui offrir une aide précieuse et elle s'en voulut de l'avoir mal jugée. Le temps et la distance avaient visiblement dissipé les rancœurs pour ne laisser que l'essentiel : leurs liens fraternels.

J – 5

— Maria, j'ai terminé les mises à jour comptables et vérifié les achats. J'ai quelque chose à te dire à ce sujet.

— Je t'écoute.

— C'est bien Guillaume Perret qui fait les achats pour le restaurant non ?

— Oui, et tu le sais très bien. Je te rappelle que c'est toi qui me l'avais recommandé au moment de son embauche.

Astrid lui montra un petit tableau qu'elle avait réalisé.

— Regarde ! La masse des achats est beaucoup trop importante par rapport aux ventes.

Maria Weber resta abasourdie devant les chiffres que sa sœur lui présentait !..

— Alors, tu en penses quoi ?

— Je pense qu'il doit faire ses courses personnelles en même temps que celles du restaurant, à tes frais. On devrait faire une petite enquête... Demain matin, Herman et moi on pourrait discrètement aller sur le marché et le pister. Voir, par exemple, s'il s'arrête chez lui après le marché avant de rentrer au restaurant ?

Maria Weber enchaîna :

— D'accord, et moi je contrôlerai la marchandise avec les bons de livraison à son arrivée. Ensuite je le convoquerai pour un entretien, après le service.

— Parfait !

Décidément, Maria Weber était en admiration devant le discernement et la réactivité de sa sœur.

— Je souhaite vraiment que tu sois présente lors de l'entretien avec le chef.

— Non, cela ne va pas être possible car j'ai rendez-vous avec mon avocate pour le divorce. Je partirai dans la matinée, après la filature.

Maria Weber en fut contrariée ; elle dut se rendre à l'évidence : sa sœur était toujours aussi imprévisible.

J – 4

Le lendemain à 15H, le couple Weber et le chef prirent place autour d'une table dans la salle du restaurant. Maria Weber était **ulcérée** car le stratagème du petit matin n'avait pas été concluant : Le chef ne fit pas de détour par chez lui après le marché. Marchandises et bons de livraison concordaient. Pas de prise en flagrant délit !

Elle s'adressa au cuisinier sur un ton grave.

— Monsieur Perret, j'ai sur cette table un compte d'exploitation intermédiaire que ma sœur a effectué pendant son séjour. Celui-ci n'est pas bon.

Ce petit bilan fait apparaître une incohérence entre les achats et les ventes.

Elle lui expliqua, chiffres à l'appui, les faibles marges obtenues et poursuivit sur sa lancée.

— Je voudrais que vous m'expliquiez comment nous en sommes arrivés là. Vous, qui avez été à votre compte, vous n'êtes pas sans ignorer que dans notre secteur d'activité nos marges sont faibles et qu'en conséquence, les achats doivent être maîtrisés et restreints aux stricts besoins de l'établissement.

Guillaume Perret esquissa un petit sourire en coin et se racla la gorge.

— Je ne vois pas où vous voulez en venir. Je fais très attention aux achats. Tel que vous présentez la chose, cela peut avoir plusieurs explications, notamment des tarifs trop bas.

— Nous sommes déjà parmi les plus chers de la ville, nos tarifs se situent au-dessus de ceux pratiqués par la plupart des restaurants alentour.

Le chef corrigea sa posture et dit d'un air hautain :

— Faites ce que vous voulez, mais en ce qui me concerne, je n'ai rien à me reprocher. Par contre, si vous avez l'intention de faire du bas de gamme, moi je ne suis pas d'accord.

— Mais non, Monsieur Perret, il n'est pas question de rogner sur la qualité. C'est pourquoi Monsieur Weber et moi-même avons décidé de vous libérer des achats. A partir de demain, c'est Monsieur Weber qui ira au marché.

Son petit sourire narquois lui collait toujours aux lèvres. Il donna l'impression d'encaisser fort bien la nouvelle. Il coupa court à la conversation et se leva pour partir.

— Monsieur Perret, je n'ai pas terminé. Vous allez faire, je vous prie, la liste du marché de la semaine sans oublier les cailles pour la soirée à thème.

Il tourna les talons et quitta la salle.

A compter de ce jour, il n'adressa plus la parole aux Weber. Après le service du déjeuner, il déposa sa liste d'achats sur le bureau de la réception et disparut par la porte de service qui donne sur la petite rue à l'arrière du restaurant.

J - 3

L'ambiance était devenue carrément électrique. La communication entre le chef et ses patrons était rompue ; il les ignorait. Ce mardi-là, il ne termina pas le service du déjeuner. Il prétexta un rendez-vous important à 14 heures.

Herman eut beaucoup de mal à trouver les cailles pour la soirée. Le fournisseur attitré lui fit faux bond à la dernière minute prétextant une rupture de livraison inhabituelle. Maria trouva cette attitude suspecte, dans la mesure où ce fameux fournisseur était un ami du chef. Finalement, Herman parvint à s'approvisionner dans le département voisin et acheta un lot entier de cailles. On ne peut pas prétendre que la marchandise fut irréprochable. Certaines cailles étaient très abîmées, d'autres paraissaient un peu douteuses, mais pour du gibier, ce n'était pas inhabituel, il fallait en tenir compte. Maria Weber laissa le chef faire le tri et décider lui-même lesquelles il fallait éliminer.

Jour J

Le restaurant affichait complet : 50 réservations. Herman était déjà en cuisine depuis 17 heures.

A 19 heures, Maria Weber fit irruption en cuisine pour faire le point avec le chef. Ce qu'elle découvrit lui coupa le souffle. Le chef et toute la brigade étaient en train d'astiquer la cuisine du sol au plafond. Herman jeta un regard à sa femme faisant mine d'être tout aussi surpris qu'elle.

— Monsieur Perret, est-ce que tout est prêt pour la soirée ?

Il répondit d'un air guilleret, évitant de croiser son regard.

— Oui, tout est prêt.

Maria Weber quitta la cuisine sentant la colère lui monter au nez.

— Bonté divine, qu'est-ce que cela pouvait bien signifier ? Depuis quand on faisait un nettoyage de printemps avant le service ? Et quelle arrogance !

Elle décida d'inspecter les chambres froides, mais elle ne voulait pas être vue par les cuisiniers. Elle traversa la réception, puis le bar, et accéda aux chambres froides par le couloir de service.

Jamais elles n'avaient été aussi propres. Tout était rangé, étiqueté. Hormis trois cailles douteuses pendues à un crochet, l'état des locaux était irréprochable. Elle ne comprenait pas ; quelque chose lui échappait. Elle regagna la réception et passa en revue encore et encore les derniers détails de la soirée.

A 20H30 précises, tous les clients ou presque étaient à table, la présentation de Monsieur Rogereau, le mycologue, pouvait commencer. La porte du restaurant s'ouvrit. Interloquée, elle vit entrer un, puis deux, puis trois, puis quatre, puis cinq, puis six gendarmes en uniforme de service.

Le capitaine se dirigea vers elle.

— Bonsoir Madame. Nous allons procéder à un contrôle sanitaire.

Maria comprit immédiatement... *Mein Gott*, les trois cailles...* Elle essaya de gagner du temps pour réfléchir, avala sa salive, et s'efforça de s'adresser le plus calmement possible au capitaine.

— Pouvez-vous m'expliquer les raisons de ce contrôle Monsieur ?

— Je ne suis pas tenu de vous le dévoiler. Le procès verbal émane du procureur de la république.

— Le moment est mal choisi, vous savez. La salle est complète, ma soirée à thème fortement compromise.

Maria Weber se tourna vers la serveuse qui venait de faire irruption à la réception.

— Patricia, vous voulez bien aller chercher Monsieur Weber en cuisine, je vous prie.

Le capitaine refusa.

— Pas question. Personne ne doit aller nulle part sans être accompagné par un officier.

C'est alors qu'elle aperçut son mari traverser le bar et se diriger vers elle. Il se plaça entre sa femme et le capitaine et demanda à son tour des explications. Le capitaine était sur le point de lui répondre alors que la porte du restaurant s'ouvrit sur un couple de clients en retard. Pendant que les six képis se tournèrent tous en même temps vers le couple, elle murmura subrepticement à l'oreille de son mari « *Nehme die Vögel weg* »** et, pendant que nos six uniformes s'écartèrent de concert pour faire place aux clients, Herman en profita pour s'éclipser par le bar et disparaître. Maria Weber accueillit ses clients comme s'ils étaient les meilleurs amis du monde à grand renfort de tapage.

Le capitaine, lui, reprit vite ses esprits.

— Mais où est donc passé votre mari ?

Maria haussa le ton.

— Vous croyez qu'il n'a rien de mieux à faire ? Vous avez vu le monde dans la salle ? Capitaine, faites votre travail au plus vite et le plus discrètement possible, je vous prie, question de réputation.

Cinq gendarmes se dirigèrent vers la cuisine.

Un quart d'heure à peine plus tard, la nuée des képis noirs quitta le restaurant à la queue leu leu. Maria interpella le capitaine.

— Alors, quelque chose d'anormal ?

Le capitaine était très gêné. Il bredouilla que non, mais elle devait se présenter dès le lendemain matin au commissariat pour signer le procès verbal.

Maria ne put réprimer un soupir de soulagement. Elle se garda néanmoins de rentrer en cuisine de peur de passer sa colère sur le chef. Tout ce cirque avec le nettoyage de la cuisine avant l'arrivée des gendarmes, les trois cailles pendues au crochet qui devaient être impropres à la consommation, mais oui bien-sûr ! C'était clair, il lui avait préparé un guet-apens. Il n'avait pas apprécié les reproches qu'elle lui avait fait, le retrait des achats de surcroît ; il a voulu se venger.

Herman attendit la fin du service et dit calmement à son épouse :

— J'ai mis les trois cailles dans un sac plastique et suis sorti dans la petite rue à l'arrière du restaurant. Là, je les ai jetées dans la poubelle du voisin. Cela m'a pris une minute à peine. Personne ne m'a vu, ni dehors, ni dedans. Quand les gendarmes sont entrés en cuisine, j'étais à mon poste de travail...

Le dimanche matin, elle se rendit au commissariat pour signer le procès verbal. Avant de remonter dans sa voiture, sur le parking du commissariat, un jeune gendarme, apparemment fraîchement débarqué, visage rose et boutonneux, se dirigea en toute hâte vers elle en lui tendant une veste. Elle déclina machinalement l'offre d'un geste de la main **puis, subitement, stoppa net son élan, se retourna lentement vers**

le jeune gendarme, les yeux rivés sur le vêtement. Elle le saisit et lui demanda :

— Elle l'a oubliée quand sa veste, ma sœur, mardi dernier n'est-ce-pas ?

— Je crois bien oui. Je peux me renseigner si vous voulez.

— Non non merci, ce ne sera pas utile.

Ma chère sœur et le chef, complices pour me faire tomber, cerise sur le gâteau. Et moi qui croyais qu'elle avait changé !

Le chef se mit en arrêt maladie dès le lendemain et envoya sa démission.

Quant à sa sœur, elle reçut sa veste par colis postal quelques jours plus tard sur laquelle était agrafée une carte de visite avec un petit mot :

« *Tu l'avais oubliée mardi dernier au commissariat. C'est ballot n'est-ce-pas ?.. Maria*

* m*on Dieu*

** *Enlève les oiseaux*

Trois mois plus tard

Maria et Herman ouvrirent la Dépêche d'Occitanie, impatients de découvrir l'article élogieux écrit par la redoutable critique gastronomique Anne Béziade. Une demi-page leur était consacrée et annonçait également la prochaine soirée à thème à venir : « *L'univers du whisky et ses territoires emblématiques* ». Sur la photo, aux commandes derrière son piano, Herman Weber, aux côtés de son épouse Maria, tout sourire...

Ils reposèrent le journal, se regardèrent, et Maria dit à son mari :

— Une coupe de champagne chef ?

FIN